_____ 님께

다사다난했던
한 해가 저물어가고 있습니다.

지난 한 해 수고 많으셨습니다.

새해에는
좋은 일들이 많아졌으면 좋겠습니다.
더 건강하고, 더 많이 웃고,
더 많이 행복해지시기를 소망합니다.

365일
좋은 아침 맞으세요!

_____ 드림

Good
Morning
365

나무한그루

빨리 가려면 혼자 가고,
멀리 가려면 함께 가라.

If you want to go quickly, go alone.
If you want to go far, go together.

인디언 속담

속도에 집중하면 자칫 방향을 놓치기 쉽다.
속도가 우선인지 방향이 먼저인지 선택해야 한다.

인생은 장거리 경주인 마라톤에 가깝다.
마라톤은 속도보다는 방향이 우선이고
무엇보다 완주를 해내는 것이 최우선이다.
아무리 마음이 급하고 욕심이 앞서도
마라톤 풀코스를 우사인 볼트처럼 뛸 수는 없다.

'페이스 메이커'라는 말이 있다.
마라톤 경기에서 유력한 우승 후보자를 돕기 위해
레이스를 함께하는 동반자를 일컫는 말이다.
멀고 힘든 레이스도 누군가와 함께라면
서로를 격려하고 좀 더 수월하게 이겨낼 수 있다.

함께해서 좋은 것이 운동만은 아니다.
술도 혼자 마시면 음주지만 누군가와 함께라면 기분전환,
여럿이 함께 마시면 파티가 된다.

오늘보다 더 가치 있는 일은 없다.

There is nothing worth
more than this day.

요한 볼프강 폰 괴테(Johann Wolfgang von Goethe.1749~1832)
독일이 낳은 세계적인 문학가, 자연연구가. 시인이자 극작가, 철학자였고, 바이마르공
국의 재상으로도 활약하였다.
대표적인 작품으로 《빌헬름 마이스터의 편력시대》와 《파우스트》가 있다.

오늘을 영어로 표기하면 '프레젠트Present'다.
'오늘이 곧 선물'이라는 뜻이다.

오늘이 있기에
어제도 의미 있고 내일을 꿈꿀 수 있는 것이다.

오늘,
지금 이 순간이 행복할 때
지나온 어제가 아름답게 보이고
다가올 내일도 가슴 설레며 기다리게 된다.

영화 《죽은 시인의 사회》에서
'영원한 선장' 키팅 선생님은 말한다.

"Carpe diem!
(현재를 즐겨라.)
Make your lives extraordinary.
(삶을 특별하게 만들어라.)"

미래는
현재 우리가 무엇을
하고 있는가에 달려있다.

The future depends on
what we do in the present.

마하트마 간디(Mahatma Gandhi, 1869~1948)
인도의 민족운동 지도자이자 인도 건국의 아버지이다.
남아프리카에서의 인종차별에 대한 투쟁으로 유명해졌고, 제1차 세계대전 이후
영국에 대해 반영 · 비협력 운동 등의 비폭력 저항을 전개하였다.

아직 오지도 않은 내일을
오늘부터 걱정할 필요가 있을까?
미리 걱정한다고 달라지는 것도 없는데 말이다.

오늘에 집중하라.
나에게 주어진 오늘이
의미 있고 행복한 시간이었다면
내일도 그 연장선에서 출발할 수 있다.

새날이 밝으면
어제 걱정했던 내일이 오늘로 다가온다.
그런 오늘 하루를 걱정만 하면서 보낼 순 없다.

"미래를 두려워하는 것은
현재를 낭비하는 것이다."

가장 쓸모없이 허비한 날은
웃음 없이 보낸 날이다

The most wasted of all days

is one without laughter.

E. E. 커밍스(E. E. Cummings, 1894~1962)
미국의 시인, 화가, 수필가, 극작가로 왕성하게 활동한 20세기 영문학의 거장이다.
평생 2,900편의 시를 썼고, 두 편의 자전적 소설과 네 편의 연극, 그리고 수많은 드로
잉과 회화를 남겼다.

우리가 70세까지 건강하게 산다고 가정했을 때
잠을 자는 데 23년, 양치질하고 씻는 데 2년,
일하는 데 26년, 화장실 가는 데 1년, 거울 보는 데 1년,
차 타는 데 6년, 누군가를 기다리는 데 3년,
신문을 보는 데 2년 반,
TV를 보는 데 4년의 시간을 쓴다고 한다.

웃는 데는 고작 89일 정도….
화내는 데도 2년이나 쓰면서 말이다.

웃는 데는 돈도 들지 않는다.
인색하게 굴지 말자.

웃음은
신이 인간에게 준 최고의 선물이다.

마음을 담장 너머로 던져 넘기면
나머지는 저절로 따라 넘어가게 된다.

Throw your heart over the fence
and the rest will follow.

노먼 빈센트 필(Norman Vincent Peale, 1898~1993)
미국의 목사이자 처세술 전문가. 'positive thinking'이란 말을 유행시킨 장본인이다.
1952년에 출간한 《긍정적 사고의 힘The Power of Positive Thinking》은 200만 권 넘게
팔린 베스트셀러가 되었다.

가슴을 뛰게 하는 일이 있다면
주저 말고 당장 시작하라.
실행을 결심한 순간
이미 절반은 성공한 것이다.

마음을 움직이면 나머지는 저절로 따라온다.
실패하고 성공하고는 내 소관이 아니다.
그냥 마음이 이끄는 대로 나를 던지면 그만이다.

어차피 피할 수 없는 것이 후회라면
일단 해 보고나서 후회하는 것이 낫다.
결심만 하면 나머지는 자연스럽게 풀려나갈 것이다.

이스라엘의 대표 작가 숄럼 아시는 이렇게 말했다.
"인간이 신에게 가까이 갈 수 있는 사다리는
행동의 사다리다."
일단 마음을 먹고 움직이면 된다.
나머지는 신의 영역이다.

"당신은 왜 평범하게 노력하는가.
시시하게 살길 원치 않으면서!"

"Why do you make efforts commonly,
don't want to live commonly!"

존 F. 케네디(John Fitzgerald Kennedy. 1917~1963)
정치가. 미국의 제35대 대통령을 지냈다.

파도를 보려면 바다에 가야하고
숲을 보려면 일단 산으로 가야 한다.

공짜로 그냥 얻어지는 것은 없다.
특별하게 살고 싶다면
남들과는 다른 특별한 노력을 쏟아 부어야 한다.

"후회하기 싫으면 그렇게 살지 말고,
그렇게 살 거면 후회하지 마라."

'언젠가'라는 날은
영원히 오지 않는다.

One of these days is
none of these days.

헨리 조지 본
영국의 출판인.

오늘 할 일을 내일로 미루지 말라고 했다.
그 중에 첫 번째로 미루지 말아야 할 것을 꼽는다면
감사와 사랑을 표현하는 일이다.

지금 곁에 고마운 사람이 있다면,
사랑하는 사람이 있다면
당장 그 마음을 표현하라.

내일이면 이미 늦을지도 모른다.

"당신이어서 고맙습니다."
"당신이어서 고맙습니다."

세상에서 가장 아름답고 소중한 것은
보이거나 만져지지 않는다.
단지 가슴으로만 느낄 수 있다.

The best and most beautiful things in the world

cannot be seen or even touched.

They must be felt with the heart.

헬렌 켈러(Helen Keller, 1880~1968)
미국의 작가, 사회사업가.
태어난 지 19개월 되었을 때 심한 병에 걸렸고, 그 후유증으로 청각과 시각을 잃었다.
가정교사 앤 설리번의 도움으로 래드클리프 대학을 졸업한 그녀는 미국 시각장애인 기
금의 모금운동을 벌이고 시각장애인을 위한 제도 마련을 위해 정치인들을 설득하는 등
일생을 장애인들을 위해 바쳤다.

화려하고 자극적인 것들이
절대적인 아름다움의 기준이 될 수는 없다.
아름답다는 것은
때론 눈으로 보고 때론 손으로 만질 수도 있지만
결국 가슴에 남는 것이다.

그래서 정말로 아름다운 것들은
감히 그 가치를 따지기 어렵다.
돈으로 사고 팔 수 있는 것이 아니기 때문이다.
돈으로 살고 팔 수 있는 것들은
또 다른 무엇으로 대체 가능하다는 말이기도 하다.

아름답고 소중하다는 것은
유일무이하며 영원한 가치를 담고 있다.
그러기에 오래도록 가슴에 남는 것이다.

세상을 움직이려거든
먼저 자기 자신을 움직여라.

Let him that would move the world
first move himself.

플라톤(Platõn. BC 427 ~ BC 347)
소크라테스의 제자이자 고대 그리스의 철학자로 객관적 관념론의 창시자였다.
40세경 아테네 교외의 아카데미아에 학교를 열어 교육에 힘썼던 플라톤은 30권이 넘
는 대화편을 남겼다.

모든 이에게
세상의 중심은 자기 자신이다.

자신이 즐겁고 행복할 때는
온 세상이 아름답게 보이고,
자신이 괴롭고 불행할 때는
세상이 온통 암흑처럼 느껴진다.

내가 바뀌면 세상도 바뀐다.
세상은 나를 중심으로 돌아가기 때문이다.

"모두들 세상이 변한다고 생각한다.
하지만 아무도 자신을 바꾸려고 생각하지 않는다."
톨스토이의 말이다.

세상을 변화시키는 가장 빠르고 확실한 방법,
그것은 내가 먼저 바뀌는 것이다.

진정한 친구가 있는 사람이야말로 부자다

They are rich

who have true friends.

토머스 풀러(Thomas Fuller, 1608~1661)
영국의 성직자이자 작가.
대표작으로 《잉글랜드 명사들의 역사》가 있다.

진정한 친구란 어떤 존재일까?

인디언들은 친구를
'내 슬픔을 자기 등에 지고 가는 사람'이라고 했고,
옛날 우리 선조들은 친구를
'제이오第二吾'라고 표현했다.
'제2의 나'라는 뜻이다.
나와 똑같은 또 한 사람의 내가 존재하는 것이다.

힘들고 고통스러운 순간을
또 한사람의 나와 나눌 수 있다면,
기쁘고 행복한 일들을
또 한사람의 나와 함께할 수 있다면…!

지금 그런 친구가 곁에 있다면
그 사람은 세상을 다 가진 것이다.

친구를 얻는 유일한 방법은
자기가 먼저 친구가 되는 것이다.

The only way to have a friend
is to be one.

랄프 왈도 에머슨(Ralph Waldo Emerson, 1803~1882)
초월주의를 제창한 미국의 사상가 겸 시인.
주요 저서에는 《자연론》, 《대표적 위인론》 등이 있다.

"친구란 두 개의 몸에 깃든 하나의 영혼이다."
아리스토텔레스의 말이다.

서로 다른 육체지만 하나의 영혼으로 맺어진 관계,
그러므로 완전한 친구의 반쪽은 나의 몫이다.
내가 누군가에게 완전한 친구가 되어줄 때
그도 나에게 완전한 친구가 되어 줄 수 있는 것이다.

내가 먼저 손을 내밀지 않으면
친구도, 세상도
나에게 손을 내밀어주지 않는다.

친구는 나를 비추는 거울이다.

좋은 친구를 많이 만들고 싶다면
입이 아닌 귀로 하라.

You can make more friends
with your ears than your mouth.

작자 미상

친구와 좋은 관계를 유지하고 싶다면
어줍잖은 충고나 조언을 삼가고
다만
친구의 말을 경청하라.

친구에게 필요한 건
자신의 말을 경청하고 공감하고 맞장구쳐 주는 것이다.

오스카 와일드는 이렇게 말한다.
"충고를 하는 것은 언제나 어리석은 짓이다.
좋은 충고를 하는 것은 치명적인 일이다."

제 아무리 진심으로 친구를 위하는 마음일지라도
그와 좋은 친구로 오래도록 만나기를 원한다면
일단 닥치고 들어주는 것이 최선이다.

앞으로 20년 후에 당신은 자신이 한 일보다,
하지 않은 일로 인해 더 실망하게 될 것이다.
그러니 밧줄을 풀고
안전한 항구를 벗어나 항해를 떠나라.
돛에 무역풍을 가득 담고 탐험하고,
꿈꾸고 발견하라.

Twenty years from now you will be

more disappointed by the things that you didn't

do than by the ones you did do.

So throw off the bowlines.

Sail away from the safe harbor.

Catch the trade winds in your sails. Explore.

Dream. Discover.

마크 트웨인(Mark Twain, 1835~1910)
《톰소여의 모험》을 쓴 미국 소설가.
주요 작품으로는 《허클베리 핀의 모험》과 《도금시대》, 《왕자와 거지》 등이 있다.

인생에서 가장 많은 후회가 남는 일이

생각만하고 실행에 옮기지 못한 것이라고 한다.

"일단 시도해 볼 것을…."

"한 번 더 모험을 해볼 것을…."

때로는 무모한 도전일지라도

해보지도 않고 후회하는 것보다는

일단 한 번 부딪혀 보는 것이 낫다는 것이

인생 선배들의 한결같은 말이다.

어쩌면 오늘이

남은 인생에서 가장 젊은 날일지도 모른다.

더 늦기 전에,

더 나이 들기 전에 용기를 내보자.

키에르케고르는 이렇게 말했다.

"모든 모험은 불안을 낳는다.

하지만 모험하지 않는 것은 자기 자신을 아예 잃는 것이다."

솔직한 말은 아름답지 못한 경우가 많고,
아름다운 말은 솔직하지 못한 경우가 많다.

True words are often not beautiful,

just as beautiful words are often not true.

일본 속담

음식도 마찬가지다.

몸에 좋은 음식은 입에 쓴 경우가 많고

몸에 나쁜 음식은 대체로 달콤하다.

쓴 소리도 당장은 불편하고 듣기 싫지만

피가 되고 살이 되는 보약 같은 말인 경우가 대부분이다.

겉모습에 현혹되면

진실은 점점 멀어져 간다.

용기란 두려워하는 것을 하는 것이다.
두렵지 않으면 용기도 없다.

Courage is doing what you're afraid to do.
There can be no courage unless you're scared.

에디 리켄배커(Eddie Rickenbacker, ?)
콜럼버스 출신의 유명 비행가.
제1차 세계대전 당시 미군 조종사였던 그는 태평양에 추락해서 21일 동안 뗏목을 타고
표류하다가 살아난 것으로 유명하다.

누구나 할 수 있는 일을 하는 건
용기 있는 행동이 아니다.
남들이 머뭇거리고 두려워하는 일을
한걸음 먼저 시작하는 것이 진정한 용기다.

오늘 하루를 용기 있게 살았다면
결코 내일이 두렵지 않을 것이다.

윈스턴 처칠은 돈과 명예보다
용기가 더 소중하고 가치 있는 것이라고 말한다.

"돈을 잃는 것은 적게 잃은 것이다.
그러나 명예를 잃은 것은 크게 잃은 것이다.
더더욱 용기를 잃는 것은 전부를 잃는 것이다."

"날지 못한다면 뛰십시오,
뛰지 못한다면 걸으십시오,
걷지 못한다면 기어가십시오.
무엇을 하든 가장 중요한 것은,
앞으로 나아가야 한다는 것입니다."

"If you can't fly then run, if you can't run then walk,
if you can't walk then crawl, but whatever you do
you have to keep moving forward."

마틴 루터 킹(Martin Luther King, 1929~1968)
미국 침례교회 목사이자 흑인해방운동가.
주요 저서로는 《자유를 향한 위대한 행진》, 《우리 흑인은 왜 기다릴 수 없는가 》, 《흑
인이 가는 길》 등이 있다.

이가 없으면 잇몸으로 살면 되고,
잇몸마저 망가지면 그 다음엔 입술이 있다.

어떻게든 살아가고 또 살아내면 된다.
빠르지 않아도 좋다.
천천히, 느리게 가도 괜찮다.
정 힘들면 잠시 쉬어가도 된다.
다만 포기하거나 뒷걸음질하지만 말자.

"창공으로 한번 날아오른 새는
절대 뒤를 돌아보지 않는다."

한번 결심하고 시작했다면
어떤 어려움이 있어도 끝까지 가볼 일이다.

우리를 앞으로 나아가게 하는 것은 희망보다 의지이고,
우리를 뒤로 물러서게 하는 것은 절망보다 포기이다.
의지와 포기는 모두 마음먹기에 달렸다.

여러분이 할 수 있는 가장 큰 모험은 바로
여러분이 꿈꿔오던 삶을 사는 것입니다.

The biggest adventure
you can ever take is to live the life of your dreams.

오프라 윈프리(Oprah Winfrey, 1954~)
미국의 여성 방송인.
20년 넘게 낮 시간대 TV토크쇼 시청률 1위를 고수해온 《오프라 윈프리 쇼》의 진행자
로 유명하다.

모험을 즐긴다는 건

아직 꿈꾸고 있다는 것이고,

꿈꾸고 있다는 것은

자신이 원하는 삶에 점점 가까워지고 있음을 의미한다.

나이에 상관없이

모험을 즐기고 무언가를 시도하고 있다는 건

여전히 젊게 살아가고 있다는 증거다.

젊음은 결코 나이에 비례하지 않는다.

"어둠 속에서만 별을 볼 수 있습니다."

"Only in the darkness can you see the stars."

마틴 루터 킹(Martin Luther King, 1929~1968)
미국 침례교회 목사이자 흑인해방운동가.
주요 저서로는 《자유를 향한 위대한 행진》, 《우리 흑인은 왜 기다릴 수 없는가 》, 《흑인이 가는 길》 등이 있다.

별은 한낮에도 우리의 머리 위에 떠 있다.
단지 우리 눈에 보이지 않을 뿐이다.
별은 적당한 어둠이 찾아온 뒤에야
그 빛을 발한다.

젊어서는 건강의 소중함을 모르고
나이 들어서야 그 소중한 가치를 깨닫게 된다.
늘 함께 있을 땐 알지 못했던 가족의 존재도
빈자리가 생긴 뒤에야 그 소중함을 깨닫게 된다.

살아가면서 우리가 겪게 되는 고난과 불행은
어쩌면 우리에게 일상의 소중함을 깨우쳐주기 위한
그런 적당한 어둠 같은 것이 아닐까!

별을 보려면 어둠을 맞이해야 하고
아침을 맞으려면 어둠을 이겨내야 한다.

겨울철에는 절대 나무를 자르지 마라.
힘겨운 상황에 처했을 때는
부정적인 결정을 내리지 마라.
침울할 때 결정을 내리지 마라.
기다려라. 인내하라. 폭풍은 지나갈 것이다.
그리고 봄이 올 것이다.

Never cut a tree down in the wintertime.

Never make a negative decision in the low time.

Never make your most important decisions

when you are in your worst moods.

Wait. Be patient. The storm will pass.

The spring will come.

로버트 H. 슐러(Robert Harold Schuller, 1926~2015)
미국 대형교회의 원조 격인 캘리포니아 남부 수정교회의 설립자.

'급할수록 돌아가라'고 했다.
급하다고 허둥대면 실수가 나오고
오히려 일을 망치는 경우가 많다.
급할수록 천천히, 속도를 늦출 필요가 있다.

어려움에 처하거나 불행이 닥쳐올 때는
어떤 결정을 내리기보다는
그 순간을 잘 버티고 이겨내는 것이 더 중요하다.
어둠 속에서 내린 결정에는 어둠이 묻어 있기 쉽다.
새로운 결정은 새로운 곳,
밝은 빛의 장소에서 내려도 결코 늦지 않다.

서두르지 않아도 올 것은 반드시 온다.

실패하면 실망할 지도 모른다.
그러나 시도조차 안하면 불행해진다.

You may be disappointed if you fail,
but you are doomed if you don't try.

비버리 실즈(Belle Miriam Silverman, 1929~2007)
미국 오페라 가수.
1947년에 데뷔하여 1955년 뉴욕 시티 오페라의 전속이 되었고, 1967년 빈 국립 오페라
극장에 출연하면서 국제적으로 인정받게 된다.

해보지도 않고 지레짐작만으로
포기부터 하는 것처럼 어리석은 일이 또 있을까.

죽음이 두렵다고 삶을 포기할 수는 없다.

항구에 정박한 배는 더 이상 배가 아니다.
풍랑을 헤치며 거친 바다를 항해할 때
배는 비로소 그 존재 가치를 발하는 것이다.

무엇을 망설이는가?
지금 당장 실행하라.

"당신이 지금 달린다면 패배할 가능성이 있다.
하지만 당신이 달리지 않는다면
당신은 이미 진 것이다."
버락 오바마 미국 대통령의 말이다.

가장 진솔한 아부는 무조건 따라하는
것이 아니라 경청하는 것이다.

Listening, not imitation,
may be the sincerest from of flattery.

Dr. 조이스 브라더스(Dr. Joyce Brothers, ?)
미국의 영화배우.
출연작품으로는 〈스파이 하드〉, 〈베토벤4〉, 〈사랑 이야기〉 등이 있다.

상대방의 동작을 따라하는 것은

동질감과 호의의 표현이고,

경청은 칭찬보다 강한 최고의 찬사이다.

'누군가에게 다가가고 싶다면

혀를 내밀지 말고 귀부터 내밀라'는 말도

경청의 힘이 얼마나 강한 것인지를 나타내고 있다.

경청은 상대방의 이야기에 집중하는 것이고

상대방의 말에 집중하는 것은 특별한 관심의 표현이다.

관심은 사랑의 동의어로도 쓰인다.

입은 잘못 열면 돌이킬 수 없는 화를 부르지만

귀는 열면 열수록 지혜를 쌓이게 한다.

아무리 가까운 길이라도
가지 않으면 도달하지 못하며,
아무리 쉬운 일이라도
하지 않으면 이루지 못한다.

In spite of the shortest way,

if you don't go, you cannot reach there.

In spite of the easiest thing,

if you don't do, you cannot achieve it.

홍자성

중국 명나라의 문인.

청렴한 생활과 부단한 인격 수양을 통해 깨달은 인생의 지혜를 주옥같은 명언으로 담
아낸 《채근담》의 저자로 유명하다.

길이 보이지 않을 땐
머뭇거리지 말고 일단 한발 앞으로 내딛어 보자.
내가 내딛는 발걸음이 뒤에 오는 누군가에게는
길이 되고 이정표가 될 수 있다.

작심삼일이 되어도 좋다.
작심삼일도 열 번만 되풀이하면 어느덧 한 달이 되고,
백 번을 반복하면 일 년이 된다.

화타가 말했다.
"누우면 죽고 걸으면 산다."

가만히 누워서 죽기를 기다리는 것보다
내 의지대로 한발이라도 걸어보는 것이
건강에도 좋고 인생에도 도움이 되지 않겠는가. ·

"아무것도 하지 않으면
아무 일도 일어나지 않는다."

사랑과 기침은 감출 수가 없다.

Love & a cough cannot be hid.

조지 허버트(George Herbert, 1593~1633)
영국의 종교시인.
저서로는 160편의 시를 모은 시집 《성당》이 있다.

사랑과 기침은 부지불식간에 찾아든다.
참을 수 있고 감출 수 있다면
사랑과 기침이 아니다.

계절에 따라 변하는 자연 풍경처럼
자연스런 변화는 숨기려 해도 숨겨지지 않는다.

숨길 수 있는 것들은 불온하다.
숨길 수 없는 것이기에
우리는 그것을 갈망하고 찬양하기까지 한다.

나는 녹슬어 없어지기보다
닳아 없어지길 원한다.

I would rather wear out than rust out

조지 휫필드(George Whitefield , 1714~1770)
영국의 신학자이자 설교자이다.

한 번뿐인 삶이다.
무엇이 아까워서 망설이고 머뭇거리는가.
시간과 열정은 결코 저축할 수 없는 것이다.
지나고 나면 후회와 한숨만 쌓인다.

지금 이 순간 아낌없이 시간을 투자하고
뜨겁게 열정을 불사르라.

쓸데없이 아끼고 사리다가
녹슬어 산화하는 고철처럼 살게 된다.

하루살이도 녹슨 삶은 거부한다.

얼음이 깨지면
누가 친구이고 적인지 알게 된다.

You never really know
your friends from your enemies
until the ice breaks.

에스키모 속담

어려움이 닥치고 위기에 처했을 때
주변 사람들의 진면목을 알게 된다.

누가 나의 적이고
누가 나의 진정한 친구인지…!

그 얼음은 누가 깨놓은 것인지도….

그리고
나 역시 시험에 들게 된다.

나는 그들에게 어떤 존재인지…!

나는 젊은 시절,
10개의 일을 하면 9개는 실패했다.
그래서 일하는 양을 10배로 늘렸다.

When I was young, I observed
that nine out of ten things I did were failures.
So I did ten times more work.

조지 버나드 쇼(George Bernard Shaw, 1856~1950)
1925년 노벨문학상을 수상한 아일랜드 극작가 겸 소설가이자 비평가.
최대 걸작인 《인간과 초인》을 써서 세계적인 극작가 반열에 올랐다.

전설적인 농구 천재 마이클 조던.

NBA에서 10년 연속 득점왕에 오른 그였지만

선수시절 9,000개 이상의 슛을 놓쳤고,

300회 가까운 경기에서 패배했다

경기를 뒤집을 수 있는 슛 기회에서도 26번이나 실패했다.

하지만 실패를 바라보는 조던의 생각은 특별하다

"나는 살아오면서 실패를 거듭했다.

그것이 내가 성공한 이유다."

발명왕 에디슨은 필라멘트를 발명하기까지

무려 2,000번의 실패를 반복해야 했다.

2천 번의 실패 뒤에 얻은 한 번의 성공.

에디슨은 2천 번의 실패를 실패라고 부르지 않고

다만 2천 가지 방법을 배운 것이라고 했다.

마이클 조던과 에디슨,

그들은 성공할 확률이 낮을수록

끊임없는 시도와 도전으로 성공에 다가갔다.

인생을 살아가는 데는
오직 두 가지 방법밖에 없다.
하나는 아무것도 기적이 아닌 것처럼,
다른 하나는 모든 것이
기적인 것처럼 살아가는 것이다.

There are only two ways to live your life.

One is as though nothing is a miracle.

The other is as though everything is.

알버트 아인슈타인(Albert Einstein, 1879~1955)
독일 태생의 이론물리학자.
광양자설, 브라운운동의 이론, 특수상대성이론을 연구하여 1905년 발표하였으며, 1916
년 일반상대성이론을 발표하였다.

"하늘을 날거나
물 위를 걷는 것이 기적이 아니라
우리가 땅을 딛고 걷는 것이 기적이다."
중국 속담이다.

기적이 따로 있는 것이 아니다.
어제와 별반 다를 게 없어 보이는 오늘,
다람쥐 쳇바퀴 돌 듯 변함없이 반복되는 일상이
기적이고 선물이다.

오늘 우리가 별 의미 없이 흘려보낸 하루가
누군가에겐 그토록 열망하던 기적 같은 시간이다.

매일 아침 새로운 날이 밝아오고
조건 없이 하루라는 시간이 주어지는 것,
그리고 지금 이 순간 내가 살아 숨 쉬는 것이
바로 위대한 기적이다.

그대는 인생을 사랑하는가?
그렇다면 시간을 낭비하지 말라,
시간이야말로
인생을 형성하는 재료이기 때문이다.

Dost thou love life?

Then do not squander time,

for that is the stuff life is made of.

─────────❧─────────

벤자민 프랭클린(Benjamin Franklin, 1706~1790)
미국철학협회의 창립과 피뢰침을 발명했고, 미국 독립선언서의 초안을 잡고 초대 프랑스 대사로 파견되는 등 다양한 업적을 남겼다.
그의 사후에 출판된 《자서전Autobiography》은 미국 산문문학 중 일품으로 꼽힌다.

세상에서 가장 평등한 것이 시간이다.

누구에게나 하루는 24시간이기 때문이다.

24시간을 어떻게 보낼지는 개인의 몫이다.

그리고 시간은 결코 사람을 배반하지 않는다.

나폴레옹은 이렇게 말했다.

"나는 영토는 잃을지 몰라도

결코 시간은 잃지 않을 것이다."

작은 시간들이 모여 하루를 만들고,

그 하루하루가 쌓여서 한 사람의 일생이 된다.

명성을 쌓는 데는 20년이란 세월이 걸리며,
명성을 무너뜨리는 데는
채 5분도 걸리지 않는다.
그걸 명심한다면,
당신의 행동이 달라질 것이다.

It takes 20 years to build

a reputation and five minutes to ruin it.

If you think about that, you'll do things differently.

워런 버핏(Warren Buffett, 1930~)
미국의 기업인.
1956년 100달러로 주식투자를 시작해, 한때 미국 최고의 갑부 위치까지 올라서면서
전설적인 투자의 귀재로 평가받고 있다.
주식시장의 흐름을 정확히 꿰뚫는다고 해서 '오마하의 현인Oracle of Omaha'으로 불린다.

하루아침에 이루어지는 것은 없다.

특히 명성과 신뢰는 오랜 시간 쌓아올린 공든 탑이다.

하지만 공든 탑이 무너지는 건 하루아침이다.

아니 한순간이다.

공든 탑도 무너진다.

방심은 금물이다.

끝까지 초심을 잃지 않고 유지하지 않으면

한순간에 바닥까지 추락하게 된다.

멈추지 말라.

정상에 멈춰 섰을 때가 가장 위험한 순간이다.

끝나기 전에는 끝난 게 아니다.

It ain't over till it's over.

요기 베라(Yogi Berra, 1925~2015)

뉴욕 양키스의 전설적인 포수로 홈런 358개, 타율 0.285를 기록했다. 현역 시절 그의 소속팀 양키즈가 월드시리즈에서 10번 우승을 차지해 챔피언 반지 10개를 획득했는데, 이 기록은 아직 깨지지 않고 있다.

끝까지 포기하지 않는다면
반전의 기회는 반드시 찾아온다.
절대로 포기하지 마라.

포기하지만 않는다면
끝날 때까진 결코 끝난 게 아니다.

"인간의 죽음은 패배했을 때가 아니라
포기했을 때에 온다."
미국의 37대 대통령 닉슨의 말이다.

어떤 상황에서도 포기하지 않고
끊임없이 도전하며 최선을 다하는 것은
살아있는 자만이 누릴 수 있는 특권이다.

Good morning 365

굿 모닝 365

글쓴이 | 곽동언
펴낸이 | 우지형

인　쇄 | 하정문화사
재　본 | 동호문화
사　진 | 김재진
디자인 | Gem

펴낸곳 | 나무한그루
주　소 | 서울시 마포구 독막로 10, 성지빌딩 713호
전　화 | (02)333-9028 **팩스** | (02)333-9038
E-mail | namuhanguru@empal.com
출판등록 | 제313-2004-000156호

ISBN 978-89-91824-54-6　03810

값 3,800원